Textos: GRACIELA RE...

Ilustraciones: LUCIANA FERNÁNDEZ
y CRISTIAN BERNARDINI

Monstruos
de visita

unaluna

TOMI INVITÓ A PANCHO A PASAR EL

DÍA A SU 🏠 . JUGARON TODO EL

DÍA, Y ANTES DE ACOSTARSE,

PANCHO PREGUNTÓ:

—¿ME PRESTARÍAS UN 👕 ?

TOMI LE PRESTÓ A SU AMIGO EL

PIYAMA, Y PANCHO AGREGÓ:

—ME OLVIDÉ MI 🪥 , TOMI, ¿NO

TENDRÍAS UNO SIN USAR? MI

MAMÁ TE COMPRA OTRO...

TOMI TENÍA UN SIN

ESTRENAR. YA CON LOS

LIMPIOS, PANCHO HIZO OTRA

PREGUNTA:

—¿TENDRÍAS ALGUNA PARA

CAMBIARME MAÑANA, TOMI?

¿Y UNA  ABRIGADA POR SI

SALIMOS Y HACE FRÍO?

TOMI BUSCÓ UNA , UN

Y UNA ABRIGADA, Y DEJÓ

TODO SOBRE UNA .

ENTONCES, PANCHO DIJO:

—¡ME OLVIDÉ LA ! ¿NO

TENDRÍAS UNA PARA QUE JUGUEMOS

CUANDO NOS DESPERTEMOS?

Y TOMI FUE A BUSCAR SU AL

CAJÓN DE LOS  .

REVOLVIÓ TODO Y POR FIN LA

ENCONTRÓ Y LA DEJÓ AL LADO DE LA

DONDE ESTABA ACOMODADA

TODA LA QUE LE HABÍA

PRESTADO A PANCHO.

SE ACOSTARON EN SUS , Y

PANCHO QUISO LEER ALGO:

—¿ME PRESTÁS ALGUNO DE TUS

DE CUENTOS, TOMI?

LO QUE PASABA ERA QUE PANCHO

HABÍA DEJADO LOS SUYOS EN SU

TOMI LE ALCANZÓ A PANCHO LOS

 DE CUENTOS, PERO CUANDO

TERMINARON DE LEER Y APAGARON

LOS , TOMI NO AGUANTÓ LA

CURIOSIDAD, Y PREGUNTÓ:

—PANCHO: SI TE DEJASTE EL  , EL

 , LA , LOS , LA ⚽ ,

Y LA  , ¿QUÉ ES LO QUE

TRAJISTE EN ESA 🎒 TAN LLENA?

—A MIS MONSTRUOS— CONTESTÓ

PANCHO MUY NATURALMENTE.
TENGO UNOS MONSTRUOS QUE
VIVEN EN LA OSCURIDAD DE MI
CUARTO Y SIEMPRE QUE PUEDEN,
ME ASUSTAN. YO ESTOY TAN
ACOSTUMBRADO QUE PENSÉ QUE SI
NO LOS TRAÍA EN LA NO IBA A
PODER DORMIR!

—¿PUEDO VERLOS?— PREGUNTÓ

TOMI CON CURIOSIDAD.

PANCHO ABRIÓ EL  DE SU

 , Y UN MONSTRUO CON TRES

 ESPANTOSOS SALIÓ CORRIENDO

A TODA VELOCIDAD Y SE ESCONDIÓ

DEBAJO DE LA  DE TOMI.

DESPUÉS SALIÓ UN MONSTRUO

CON TODOS LOS PARADOS, QUE

CORRIÓ A METERSE ADENTRO DEL

PRIMER CAJÓN DEL .

UN TERCER MONSTRUO CON

MUCHAS PEGAJOSAS SE ESCAPÓ

AL PASILLO. Y EL ÚLTIMO, QUE

PARECÍA Y RESBALOSO, FUE A

METERSE EN LA , DETRÁS

DE LA  PLÁSTICA DEL BAÑO.

PANCHO QUEDÓ ASOMBRADO Y DIJO:

—YO CREÍA QUE MIS TERRIBLES

ERAN GRANDOTES, PERO AHORA QUE LOS VEO EN TU CASA SE VEN MÁS CHIQUITOS. ¡Y NO DAN TANTO MIEDO! PORQUE CUANDO ESTEMOS POR DORMIR, VAN A HACER RUIDOS —CONTÓ PANCHO.

—¡MEJOR LOS MOLESTAMOS NOSOTROS! ¡YO TENGO UNA !

—DIJO TOMI, Y PANCHO ESTUVO DE

ACUERDO CON EL PLAN.

LOS AMIGOS ENFOCARON CON LA

LUZ DE LA 🔦 AL 👽 QUE ESTABA

DEBAJO DE LA 🛏️.

¡Y EL POBRE MONSTRUO SE ACHICÓ!

PANCHO SE SINTIÓ VALIENTE Y DIJO:

—¿Y SI LOS ATACAMOS A TODOS?

Y LOS AMIGOS TIRARON LAS

DEBAJO DE LA 🛏 , HICIERON

MUCHO BARULLO ADENTRO DEL ⬛ ,

EN EL PASILLO Y EL BAÑO.

AL DÍA SIGUIENTE, LUEGO DE JUGAR

A LA ⚽ , SE DESPIDIERON.

CUANDO PANCHO VOLVIÓ A SU

🏠 Y YA ESTABA ACOSTADO,

RECIÉN SE ACORDÓ DE SACAR LOS  DE LA 🎒.

LOS DEJÓ QUE SE ACOMODARAN EN SUS LUGARES, PERO APENAS EMPEZARON A HACER RUIDO, LOS ILUMINÓ CON SU 🔦 Y LES TIRÓ UN 🍞 A CADA UNO.

LOS CUATRO MONSTRUOS SE

ACHICARON TANTO QUE APENAS SE LOS VEÍA!

—TENEMOS QUE MUDARNOS A OTRA . AQUÍ YA NO ASUSTAMOS A NADIE— DIJERON.

Y LOS SE FUERON, CAMINANDO DE PUNTILLAS PARA NO DESPERTAR A PANCHO.